近藤洋太

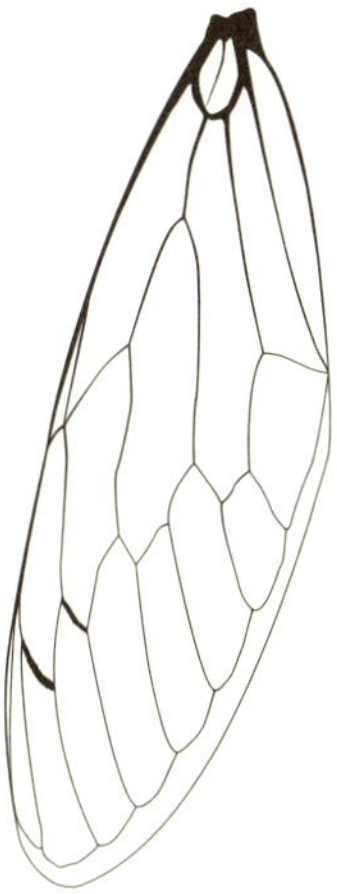

筑紫恋し

思潮社

筑紫恋し

目次

装幀　佐々木陽介＋山田裕里

筑紫恋し

たそかれ

樂遊原　　李商隠

向晩意不適
驅車登古原
夕陽無限好
只是近黄昏

予定していた仕事が急にキャンセルになって
ぽっかり時間が空いてしまうってことがあるだろう
心にもぽっかりと穴が空いて

まっすぐ家に帰る気にもなれない　そんな時が

タクシーを拾ってさてどこに行こう
馬場の飲み屋はまだ開いていない
神田の古本屋をのぞくのもおっくうだ
タクシーを降りたのは新宿副都心ビルのひとつ

客もまばらな展望台のラウンジで
いつもより苦いビールをあおっていると
はるかかなたに黒い富士　富士の真横に楕円の太陽
しばし見事な落陽に見惚れていたのだけれど

この誰彼時　どこからかざわっざわっと声がする
何ヲシテキタ　六十年近ク何ヲシテキタ……

筑紫恋し

となりの葛ヶ谷公園で蟬が鳴き出したのは八月二日と日記に記している
鳴き声を聞かなくなったのは彼岸のころだったか
最初は油蟬　ミンミン蟬で八月後半からは法師蟬が加わった
熊蟬の声は聴かなかった
八月の終わりからは法師蟬ばかりがよく鳴いた
今年はとりわけその鳴き声が心にしみた
ツクツクシオーシ　ツクツクシオーシ　ツクツクシオーシ

六月に母が亡くなった　九十二年の生涯だった
母への思いを込めて喪主挨拶をしたいと思った

三十人ほどの会葬者にむかって
――母の句に「わが夫《つま》の浄土に待てり天の川」とありますが、父が帰幽して四十二年目にして、
ようやく送り出すことができました。
(そこのところで泣かないように)
私は泣かなかった

この夏はむかし父が整理したアルバムをよく開いた
一九五五年の初秋にとった家族写真
父が結核療養所から帰ってまもないころの写真だ
久留米市大石町の市営住宅の庭で一家五人寄り添って
父は痩せているが私の肩に手をおいて笑っている
ひっつめ髪の母も口をすぼめて笑っている
ふたりの姉の胸には小学校の名札が縫いつけてある
姉弟とも母が仕立て直したスカートをはき　半ズボンをはいている
私たちのうしろには糸瓜棚　そのむこうには畑と樹々が写っている

まだ私たちのまわりでは法師蟬が鳴いていただろう
オーシックツクシ　オーシックツクシ　オーシックツクシ

私が母と離れて暮らしたのは十年
東京の大学に進学し就職し結婚し子供ができるまでの間だ
東京で一緒に暮らした三十年
母に心配をかけることはなかった　と思う
経済的な面でも精神的な面でも
母は天寿をまっとうしたと言っていい
ことさらに悲しがることじゃない

忌引明けの朝　耳に異常を感じた
右の耳が詰まったように感じて人の声がくぐもって聞こえるのだ
四日目に会社の近くの山王病院で診てもらうと突発性難聴という診断名だった
——なにかいつもと変わったことがありましたか。

――特には。おふくろが死にましたが。
――それが原因かもしれません。お母様が亡くなるというのは充分にストレスですから。
難聴はいくらかの聴力低下をのこしてほどなく快癒した
私に憮然とした思いが残った

最後に病院に見舞いに行った五月
(母は最後まで呆けなかった)
彼女は私に聞いた
――あなた会社で偉くなったと。
――ああ。部長だよ。
――部長の上はなかと。
――もうそげん偉《えろ》うならんでもよかろうが。
――文学はいい加減にしとかんとね。
このごろの慣らいとしてよく郷里の画家青木繁の歌を口ずさむ

わが国は筑紫《つくし》の国や白日別《しらひわけ》母います国櫨《はぜ》多き国

帰りのバスのなかでもこの歌が口の端に浮かんだ
三十年も一緒に東京に住んでどうして筑紫が「母います国」なんだろう

九月のある早朝
煙草を吸いに公園に面したウッドデッキに出た
家のほうにむかってせり出したソメイヨシノの法師蟬がひとしきり鳴いた
(まるで今年の鳴きおさめのように)
ツクシオーシ　ツクシオーシ　ツクシコイシ　ツクシコイシイイイ
鳴き終わってふと気づいた
今年の法師蟬の声がひとしお身にしみて聞こえるのは母が死んだからだ
「母います国」が恋しくて蟬になった私の魂が鳴いているんだ
けれども私は泣かなかった
泣かなかった

カフカの職場

大学一年の春浅い日の早朝
私は新潮社の旧版カフカ全集第一巻『城』を読み終えた
果てのない迷路をめぐる悪夢の物語であったのだけれども
私のなかには読みきった爽快感だけが残っている
下宿近くの三鷹の天文台の構内に鉄条網をくぐって入り込み
口笛を吹いて散歩した記憶

あれから四十年経ち定年退職する歳になって私はおずおずと言ってみる
カフカの生き方を範とした
おこがましい　おこがましい言いかただけれど

フランツ・カフカ　一九〇八年―一九二二年　労働者傷害保険協会勤務　秘書官主任（部長）
近藤洋太　一九七三年―二〇一〇年　健康保険組合連合会勤務　広報部長

私が半官半民の会社に入ったのは偶然に過ぎない
就職した当時カフカが勤め人であったことを知ってはいたが
半官半民という身分であったことまでは知らなかった
勤めながら文学をやりたいという気持と
同じくらいのやれないのじゃないかという不安
四十歳　四十五歳　五十歳　私は何度も会社を辞めたいと思ったけれど
自分をカフカに擬することによってようやく踏みとどまったのではなかったか

五年前会社から永年勤続表彰を受けて一週間の休暇と金一封をもらった
もらった休暇と金一封　それにいくらかのお金を足してプラハに出かけた
カフカが生涯のほとんどを過ごしたチェコのプラハへの六泊八日の旅

残っていた私の計画メモによれば

7月24日（土）　成田発12:20→ミュンヘン着17:35　ミュンヘン発19:05→プラハ着20:10
25日（日）　10:00〜　労働者傷害保険協会→火薬塔→ツェルトナー小路→旧市広場

計画どおり私はプラハについた翌朝にカフカの職場のあった場所に向かった
ただしデジタルカメラに残った画像の記録では
最初にカフカが住んだ旧市広場に行き
ツェルトナー小路　火薬塔を経て労働者傷害保険協会に向かっている
カフカの家から職場までゆっくり歩いても十分かせいぜい十五分
石畳の道の両側のどの建物も堅牢で立派だ
五階建ての労働者傷害保険協会は現存していてホテルになっていた
若い友人グスタフ・ヤノーホの書いた『カフカとの対話』によれば
一九二〇年当時カフカの執務した部屋は三階にあり
ふたつ並んだ事務机の一方がカフカの席だった

弁護士事務所の所長室に見られるような格式ある優雅さを思わせたという
カフカはこの職場で朝八時から午後二時まで六時間働いた
昼休みのない連続六時間の勤務体制が小説を書くにはよい条件となった
とはいえカフカは職場の仕事をないがしろにしたのではない
病弱ではあったが勤勉でかつ優秀であった

ヤノーホの本にはふたりの散歩の記録が残されている
モルダウ川をはさんでプラハの中心部はせいぜい三キロメートル四方
彼らはさまざまな小路を抜け立ち止まり牛乳を飲みながら語り続けた
旅発つ前に私はふたりが歩いた散歩のコースを書き抜いておいた
それは二一のコースになった　たとえば

ツェルトナー小路→旧市広場→ゲムゼン小路→アイゼン小路→リッター小路→メラントリヒ小路→市役所→カフカの家

労働者傷害保険協会↓グラーベン街↓ヴェンツェル広場↓オープスト小路
マリア保塁↓シュタウプ橋↓お城のふたつの中庭↓市役所坂↓ロレットー小路↓ロレットー広場

プラハの街では朱色のプレートに白抜きで小路の名前が表記されている
このプレートをたよりにふたりが散歩した道をたどることに私は飽きなかった
六日間に歩いた歩数は九万七千歩
歩幅を七〇センチとして六八キロメートル歩いたことになる
歩きなれないプラハの石畳の道に日暮れになると足が腫れてしまった
湿布薬が欲しかったのに薬局で言葉がうまく通じなかったため
買ってしまったアイスノンで夜は足を冷やした

私の六泊八日のプラハへの旅
パソコンの画面に五年前の写真を今一度映しだしてみる

ツェルトナー小路から火薬塔へ　さらに労働者傷害保険協会へ向かう道
この道をカフカは毎朝通ったのだ
見上げるこのホテルの三階の事務室で執務したのだ
『城』では果てのない迷路をめぐる悪夢に悩まされたのに
プラハの街は隅々まで知り尽くして歩いた長身痩軀のカフカ
陰影濃く歴史が折りたたまれた美しい古都
〈通り抜けの家《ドウルヒハウス》〉を吹き渡る風を感じながら
私はカフカがこの街で生きたという事実に静かに圧倒されている

退職の朝

三月二十九日深更
書斎で退職の挨拶の文章を考えていた
(月並みだけれども心をこめて)
「三月三十一日をもちまして、三十七年間勤めました……」
「大過なく勤めあげることができましたのもひとえに皆様の……」
返セ
不意に横合いから声が聞こえた
私の声のようであり　そうでもないような
返セ　返セ　返セ

退職に向けて手続きしたこと
四月以降の厚生年金の受け取り申請
国民年金の三年間の任意加入申し込み
国民健康保険組合への加入申し込み
生命保険特約部分の解約返戻請求
住宅ローンの一括返済

これらは私が今後生活していくために必要な手続き
「……散歩と読書、そして執筆に励みたいと念じております。」
「今後とも変わらぬご交誼をお願い申しあげます。まずは略儀ながら……」
返セ
また声が別の方向から聞こえてきた
私の声ではないようであり　けれどもそうでもないような
返セ　返セ　返セ

私は会社の処遇に不満があったのではない
むしろ同僚先輩に恵まれたよい会社人生だったといえるのだ
世間の言葉でいえばハッピーリタイア
なにを返せというのか

古い記憶がフラッシュバックして甦ってきた
私は高校三年生
恩師の永田茂樹先生と向き合っている
(先生は詩人だった)
――近藤君。文学部に行かなくても文学はできるよ。むしろ法学部や経済に行った方が世の中
　のことが分かって、文学に役に立つかも知れないよ。
私はぼんやりと文学を職業とすることにあこがれていた
大学は文学部に行きたい
けれどもこの年に私は父を亡くしていた
周囲は文学部にいくことを暗黙のうちに反対していた

永田先生の言葉は私に説得力をもった
私は商学部に行き　先生の教えを守らず大学の勉強はまったくしなかった
卒業せざるを得なくなってあわてて決めたのが今の会社というわけだ
よく三十七年間も勤められたものだ

三月三十日
会社のシュレッダーにかけて処分したもの
スタッフの人事考課表のコピー
上位者評価（多面評価）表
人事異動通知書
五年分の給与明細書

この春にかけて誂えたもの、買ったもののリスト
春夏バージョンのスーツ（ダークグレイ）一着
ボタンダウンのワイシャツ二枚

ポロシャツ一枚　ズボン二本
タウンシューズ二足
大型のデイパック一個
ジーンズ二本　Tシャツ五枚（ユニクロで）

退職を機に処分するもののリスト
通勤用ショルダーバック二個　通勤靴三足
ワイシャツ八枚　ネクタイ十六本
秋冬バージョンのスーツ四着　春夏バージョンのスーツ三着
その他ジャッケット　ズボンの類

これからは会社とはまた違う生き方をしたい
けれども六十歳は一日にたとえれば十八時
くたびれて家路をたどるたそがれ時
そのときまた別の太い声が聞こえてきた

常ニ汝ノ所与ノ条件ノモトデ奮励スベキ……
所与ノ条件ノモトデ……

三月三十一日
午前十時　会長室で最後の辞令を専務理事から受ける
「定年により本職を免ずる
　退職手当○○○○万○○○○円を給する」
健康保険被保険者証
身分証明書
リロカードを返却
午後二時～四時　最後の会議に出席
午後四時四十分　玄関で皆に見送られて退社
会社から遠ざかるにつれ　さらに別の声が聞こえてきた
……ヲ解除セヨ　……ヲ解除セヨ
……ヲ元ノ位置へ戻セ　……ヲ元ノ位置へ

棺桶リスト

こんにちは。はじめまして。近藤といいます
これから一年間　文学創作実習Ⅲを担当します
この一年どういうことをやるのかということの話をします
話を聞いたうえで受講カードを出すかどうか決めてください
〔シラバスを配布。一年間の実習計画を説明する。〕
さて最初にやってもらいたいと言ったバケットリストの作成
これはアメリカの映画「THE BUCKET LIST」をヒントにしています
バケットリストとは日本語に訳せば棺桶リスト
日本では二〇〇八年に公開されて　僕はレンタルのＤＶＤで観ました
邦題は「最高の人生の見つけ方」

観た人がいるかもしれませんがちょっと内容を紹介します
大富豪のエドワードと自動車修理工のカーター
彼等はいずれも余命六カ月と宣告された同じ病室のがん患者です
ある朝エドワードはカーターが紙切れに書き　破棄しようとした棺桶リストを見つけます
それはカーターが二カ月だけ通った大学の教授が課題として出した生涯計画のこと
つまり棺桶に入るまでにどれだけやりたいと思ったことを実行できるか
棺桶リストは残された半年のふたりのやりたいことのリストとなります
スカイダイビングをする
ムスタングに乗る　刺青を彫る　ヒマラヤに登る
彼らは世界一周の旅に出ます
けれどもこの映画は人生の最後をやりたいようにやって死ぬというだけの話じゃない
もっと深いものがあるのですが関心のあるひとは映画を観てください
エドワードをジャック・ニコルソンが
カーターをモーガン・フリーマンが演じたよくできた映画だと思います

この映画を観てしばらく経ったあと
ダンボール箱のなかの手紙やノート類を整理しているうち
一九六六年の日記が出てきた
もう何十年も開いたことのない日記
まるでタイムカプセルを開けたかのようだった
十月二十五日の日記の一節

私は九州の国立大学文学部に現役で合格する
四年後　大学に残り文学の研究をする
その十年後　助教授になり、○○さん（当時好意を寄せていた同級生）を妻とする
その二十年後　教授になり、詩集数巻を執筆し世に認められだす
その三十年後　東京の私立大学文学部の主任教授に招かれる
その四十年後　名誉教授になり軽井沢に居を移す
その五十年後　詩の執筆中に急逝

これもまた棺桶リストの一種
私の高校二年生の十七歳の棺桶リストではないか
私は高校時代は天文部に属して天体観測に熱中した
ルーティンの太陽黒点観測
一九六五年秋　朝方の南東の空に尾を引くイケヤ・セキ彗星を観測
同年晩秋　長い痕を残すしし座流星群を観測
一九六六年春　三十八年ぶりの冠座α流星群のやや盛んな活動を確認
同年夏　他校の生徒と合わせて四〇名でペルセウス座流星群のグループカウント
天文学者になりたい　それがだめでもアマチュア天文家になりたい
それがどうして文学志望　詩を書く少年になったのか
高校二年の教科書で中原中也の詩に出会い　以降近代詩人の詩を読みはじめ
中也ほかの詩人を模した詩を猛烈に書きはじめた
この時期私のなかで理科系から文科系への転向が起こっている
もっともここにはエクスキューズも混じっているはずだ
高校二年で物理、化学が入ってくる　数学の質が変わってくる

私はそれらの科目に歯が立たなかった
歯が立たないと認めたくないから替わりに詩という世界を自分のなかに呼びこんだ
それは見逃すとしてもこんな大学アカデミズムのコースを誰に教わったのだろう
なんと可愛げのないサクセスストーリー
詩を書くこととアカデミズムはなんの関わりもない
好意的に解釈すれば
詩を書きながら普通の勤め人の生活を送るということが結びつかなかったということか
それでもこの棺桶リストは今の私に関わると思った
世に認められたかどうか別として私は詩集五冊　評論集四冊を刊行した
教授にはならなかったが　いつの間にか大学で教えている
それにしても驚いたな　この棺桶リストには

早死の人も長寿の人もいますが　今日本人男性の平均寿命を八十歳とします
これを一日二十四時間に直すと君たちは二十一、二歳だから午前六時過ぎ
私は六十歳になったので午後六時

朝六時に起きてさて今日はなにをやろうかと考えるのと
夕方六時に今日なにをやり残したかと考えるのとは違います
今日は僕の棺桶リストを見せます
〔私の棺桶リストを配布〕
こんな風にA４の紙一枚に箇条書きでまとめてくださいね
まず１の項目　平均寿命まで生きる
本当を言えば私は百五十歳まで生きたい
なぜならやりたいことがまだたくさんあるからです
だけど人間というものは百二十歳くらいを上限として必ず死ぬようにできています
人間はいずれ人生の途中で死んでいく　これは仕方がない
だから目標は平均寿命まで生きる
そのために節酒、断煙を心がけます
いまのところ煙草は一年四カ月やめられてはいますが安心はできない
スポーツクラブにも通っているし　町歩きもします
ことに町歩きは好きだから　数年前から下町を中心にひとりで歩きます

2の項目　生涯現役を貫く
このなかのひとつは七十歳まで講師を務める
人に教えるということはまず自分が勉強しなければならない
七十歳まではそれをやり続けたいと思っています
それだけの体力があるということが前提ですが
もうひとつは生涯著述活動を続ける
ここに挙げている八つの評論、伝記、小説のテーマは　原稿が半分以上できているもの
原稿はコラムの形でできているけれど　まったく作り変える必要のあるもの
まったく手をつけていないものもあります
これから新しいテーマがみえてくるものもあるかと思います
詩集の類はこれらに入れていないですがどれだけになるかわからない
3の項目　南半球を旅する
ブエノスアイレスと書いていますが南半球
北半球は仕事でもプライベートでも何度か行きましたが
南半球の知らない町の知らない風に吹かれてみたい

国内では以前からずっと行きたいと思っていた秋田西馬音内《にしもない》の盆踊りを昨年見ました
生者と死者がともに舞う妖艶な盆踊り
だからこれは棺桶リストからはずしました
熊野玉置《たまき》山の大杉は友達が案内すると言ってくれていますがまだ実現していません
旅をすることをすぐ文学と関わらせようとする悪い癖があってね
本当に旅そのものを楽しめるようになれるといいんですが
4の項目　若い人に親切にする
僕は若い頃　生意気で礼儀を知らなかった
いろんな先輩にさまざまにたしなめられ　またいろんなことを教わった
今では大半のひとが亡くなってしまいました
もう彼らから受けた恩義を返すことはできません
その代わりに今の若い人たちにその恩義を少しでも返そうと思っているんです
若い人に親切するとはそういう意味です
もっともおせっかいに思われる場合も多々あるでしょうが
5の項目　友人を大切にする

実はこの問題が一番難しいのかもしれないな
昔からの友達ほどお互いを知りすぎている
歳をとるほどわがままになってくる
けれどもまあ頑張ってみたいと思っています
今日はこれくらいにしておきます
受講カードを出す人は　来週棺桶リストを持ってきてください
みんながどんな棺桶リストを作ってくるか楽しみにしています

祝辞

夏樹、路代さん、おめでとう。

三十六年前、僕ら夫婦は杉並区民会館で結婚式を挙げました。参会者は身内だけ十一人。そのときの挙式費用も覚えています。七万五千円。けれども皆が喜んでくれた結婚式でした。今日もまた、身内だけですが、心のこもった挙式になりました。

母サン　見エテイマスカ
夏樹ガ結婚シタンデスヨ
相手ノ女性ハ八歳年上
驚キマシタカ
デモ結婚ガ決マッタトキ　会社ノ若イ人タチニ話シタラ

僕ノ女房ハ五ツ年上デス　俺ノ嫁ハ七ツ年上
ソンナ時代ラシイデス

君たちは忙しくて見ていないでしょうが、今、朝の連続テレビドラマ「ゲゲゲの女房」が放送されています。僕はあのドラマを毎朝見ています。あれを見ると夫婦というものがよく分かります。一見、夫唱婦随の話のように見えますが、水木しげるという漫画家を作り上げたのは、彼個人だけでなく、奥さんの力が大きかったのです。伴侶を得ることによって水木しげるの漫画は大きく変貌を遂げました。

母サンニハ話サズジマイデシタガ
僕ラガ大学ヲ卒業スル年ノ一月
帰省シテイタ裕美子カラ
至急魚津ニ来テ欲シイト電話ガアリマシタ
彼女ハ両親カラ何故東京デ就職スルノカト問イ詰メラレ
東京ニ好キナ人ガイル　ト言ッテシマッタノデ

僕ガ呼ビ出サレタノデス
周リハ皆就職ガ決マッテイタノニ僕ダケガマダデ
トテモ結婚ノ申シ込ミナンテデキナカッタノニ
彼女ガ強行突破シタトイウワケデス
オ義父サンカラ一晩中二人ノ関係ヲ問イ質サレ　別レテホシイト懇願サレマシタ
夜モ白ミハジメルコロ　オ義母サンカラ結婚スルトシタラ何ガ欲シイト聞カレ
疲レタ頭デナニゲナクかーてんハ要ルンジャナイデスカト言ッタラ
彼女ハ裕美子ノ頬ヲ思イ切リタタキマシタ
本当ハ僕ヲブン殴ッテヤリタカッタノカ
コンナ不甲斐ナイ男ヲ連レテキタ娘ノ目ヲ覚マシテヤリタカッタノカ
僕ハ最終列車デ魚津ニ行キ
結局一睡モサセテモラエズ　始発デ帰ッテキマシタ

僕はある先輩に、夫婦は株式会社だと言われたことがあります。それはお互いがお互いをよい意味でマネジメントする力のことを言うのだと思います。念のためにマネジメントをそのまま管理と理解されると困るので、僕ら夫婦のことで話します。僕の側からすれば、会社勤めをしながらなんとか文学の志を捨てずにこられたのは、裕美子さんのおかげです。彼女が僕のやりたいことを理解し、励まし、さまざまな条件を整えてくれたおかげなのです。

ソノ夜カラ一年後ノオ義父サンノ手紙モ母サンニハ見セマセンデシタネ

「娘ノ選ボウトスルコノ話ハ総合的ニミテ反対ノ立場ヲ取ラザルヲ得マセン。

何故ナラ小生ハ結婚ノ条件トシテ、次ノ二点ヲ望ミマス。

①相手ガ立派ナ青年デアルコト（生活力、健康ナドヲ含メテアル程度以上ヲ私ハ望ミマス）。

②本人ヲ含メ家庭ノ経済状態ガシッカリシテイルコト。

ケレドモ貴兄ハ、コノ条件ニ適ッテイマセン。

①ニツイテハ性格ノ明朗性ニ不満ヲ感ジルコト、健康面デ不安ヲ感ジルコト（そのころの僕は今と違って痩せぎすだった）。

②ニツイテハ、アナタノ家ノ負債ガマダ数十万円残ッテイルコト……」。

母サン　僕ガコノ手紙ヲ今モ捨テズニ持ッテイルノハ

決シテ魚津ノ両親ヲ見返シテヤリタイタメデハアリマセン

親ノ娘ニ対スル無類ノ愛情ヲ感ジトルカラデス
ダカラ捨テラレナイノデス
今デモオ義父サンオ義母サンノ期待ニ本当ニ応エテイルノカ分カリマセン

伴侶を得ることによって、人生は大きく飛躍する可能性が開けてきます。路代さんがより大きな役者に成長するように、夏樹が映像を仕事としてより視野を広げていけるように、お互いの力が必要なのです。どうかふたりが心から尊敬し、信頼しあえる夫婦となり、暖かい家庭を築いてくれるように祈ります。

母サン
僕ラ共働キノ夫婦ヲ助ケテ
母サンガ育テテクレタ夏樹ガ結婚シタンデスヨ
新居ハウチノ家カラ歩イテ三十分ホド　都営大江戸線新江古田駅ガ近イデス
すーぷハヤヤ冷メルカモシレマセンガ　ホドヨイ距離デス
母サン

皆ガ豊カニナッテイッタ右肩上ガリノ僕ラノ時代ト違ッテ
コレカラノ夏樹タチハ厳シイ
明ルイ展望ヲ描クコトガデキニクイ時代ニ生キテイクノデス
モットモコウシタ決メツケヲ
「不況ねいてぃぶ」ノ夏樹ノ世代ハ迷惑ニ思ウカモシレマセン
トハイエ母サン　ドウカソチラカラフタリヲ守ッテヤッテ下サイ
僕デスカ　僕ハコノ世ニモウシバラクイタイ
ダッテマダヤリタイコトノ十分ノ一モヤッテイナイノデス
デモイズレ行キマスヨ
ソレマデソチラデドウカオ元気デ

走る男

地下鉄の車窓の向こうには
並行して暗い川が流れている
ときおり川の流れる音が聴こえ
一瞬川面が光るのが見えることがある
吊革につかまり目を閉じれば
いっそうはっきりと川面が光り
向こう岸を駆けながら
こちらに向かってなにか懸命に叫んでいる男が見えてくる
その男は何を叫んでいるのか
何を訴えようとしているのか

私を叱っているのか
励ましているのか
カーブを曲がるたびに電車は擦過音をたてる

わーうっしゅわ　わーうっしゅわ　しゅわ　しゅわ
しぇい　しぇい　しぇい　しぇい
だだーん　だだーん　だだだん　だだだん
どどっ　どどっ　どどどど　どどどど
きーちー　きーちー　きちきち　きちきち
ぎぎゃう　ぎぎゃう　ぎぎぎぎ　ぎぎぎぎ

会社は営団地下鉄千代田線乃木坂駅の上にあったから
営団地下鉄丸の内線荻窪―国会議事堂前間　千代田線国会議事堂前―乃木坂間
千代田線綾瀬―乃木坂間
千代田線明治神宮前―乃木坂間

都営十二号線落合南長崎―東中野間　千代田線明治神宮前―乃木坂間
大江戸線落合南長崎―代々木間　千代田線明治神宮前―乃木坂間
大江戸線落合南長崎―青山一丁目間
引越したり　新線が出来たりして経路は変わっても
三十七年間　私は地下鉄で通勤してきた
営団地下鉄が東京メトロに変わり
都営十二号線が都営大江戸線に変わっても
わたしはずっと地下鉄で
そして久しい昔から　走る男は川の向こう岸を並走していたのだ
駆けながらこちらに向かって叫んでいる
何を叫んでいるのか　何を訴えようとしているのか
私を叱っているのか
励ましているのか

しかりき　しかりき　しか　しか　しか　しか

しーかー　しーかー　しか　しか　しか　しか
ちちー　ちちー　ちぃちぃ　ちちちち
しーつつ　しーつつ　しーつつ　つつつつ　つつつつ
だだーん　だだーん　だだだん　だだだん
どどっ　どどっ　どどどど　どどどど

叫んでいるその男はだれなのか
私の顔見知りか　それともまったく未知の人間
ひょっとして私の分身
叫んでいる表情は分かるが顔が見えない
走る姿から男を見分けることもできない
車窓の向こう
目を閉じればいつの間にか並走している男
三十七年の長きにわたって並走してきた男
懐かしくもある走る男

退職したあとも私は毎週地下鉄に乗り大学に非常勤講師として出講する
所沢校舎に向かうため大江戸線落合南長崎―練馬間を利用する
けれどもあの走る男が消えたのだ
気がついたのは連休明け
車窓の向こう
暗い川が流れているはずの向こう岸に目をこらし
固く目を閉じても走る男は現れないのだ

光が丘から練馬―都庁前―新宿―六本木―築地市場―両国―飯田橋―都庁前へ
郊外から都心へと大きく6の字を描いて周回する大江戸線
帰り道は練馬から終点の都庁前まで6の字周りで乗ってみたけれども
やっぱり走る男は現れない
さらにもう一度6の字を逆周りに辿ったが
車窓の向こう

暗い川の向こう岸に目をこらし
どんなに固く目を閉じても走る男の現れる気配はなかった
私の耳にはカーブを曲がるたびに響く
言葉の断片にもなりきれない擦過音が聞こえてくるばかりだった

だだーん　だだーん　だだだん　だだだん
どどっ　どどっ　どどどど　どどどど
かーん　かーん　かっかっ　かっかっ　かかかか
じじっ　じじっ　じじじじ　じじじじ
うぃっしゅわ　うぃっしゅわ　わわっ　わわっ
うーわー　うーわー　うわあうわあ　うわあうわあ

悠々自適

夕刻　九州の従姉から電話があった
彼女からお中元をもらってそのお返しの品を妻が送ったことのお礼の電話だった
妻は不在で久しぶりに懐かしい声を聞いたから話がはずんだ
話は私がこの三月で会社を定年退職したことにはじまった
従姉に聞かれるままに
退職前三年間大学の非常勤講師をやったが　引き続き週二日出講していること
息子が結婚したこと　私たちの家の近くに新居を構えたこと
近くのスポーツクラブに通うようになったこと
ジャグジー風呂から見える哲学堂公園の森を眺めていると疚しい気分になること
高校時代にやっていたコーラスをもう一度やりたくて　混声合唱団に入ったこと

家のウッドデッキに野良猫が出入りしていることに気づいて餌付けしていること
ひとしきりそんな話をした
――ふうんよかねえ　悠々自適たいね
――よかよう　おかげさまで
何の問題もない電話のやりとりだ　彼女にまったく非はないはずだ
なのに電話を切って私はだんだん不快になってきた
悠々自適だって？

悠々自適
【広辞苑】俗世を離れ、自分の欲するままに心静かに生活すること。
【大辞林】俗事にわずらわされず、自分の思うままに心静かに生活を送ること。
会社をやめてこのかた　ずいぶん悠々自適という言葉をかけられた
私が退職挨拶状を送った人からの返信
昔の飲み友達から（葉書で）
――週二日は大学に出て、残りの日々は気ままな悠々自適の日々に入られたとのこと、おめでとうございます。

昔の女友達から（葉書で）

――そうですか。いよいよ悠々自適の生活のはじまりですね。こちらはまだまだ下界でのろのろ、うろうろしています。

仕事先の親しくしていた人から（メールで）

――惜別の宴では、今少し語らい酌み交わしたく思っておりましたので、些か残念でした。悠々自適の生活、まったくもって憧れるばかりであります。

また私のＷｅｂサイトをみた去年の教え子から（メールで）

――悠々自適の生活を送られているようで、長い社会人生活の入り口に立った私からするとうらやましい限りです。

もちろん悪意がないことは分かっている
長い間宮仕えお疲れさまでした
これで気持が楽になれますね　というほどの意味だろう
けれども私は俗世・俗事から逃れたいとも

心静かな生活を送りたいとも思っていない
私はまだ生涯でやりたいことのいくらもやっていない
悠々自適とはなんだ

謦咳に接した先達たち
還暦以降悠々自適でなく生涯現役を通した人は幾人もいる
宗左近の顔が思い浮かんだ
戦火のなか　自分の身代わりのように亡くなった母堂への追悼
『炎える母』を著したのが戦後二十余年経ったあと
さらに「縄文」の連作をはじめるのは還暦の前後からだ
宗左近は縄文に戦争のない絶対平和の世界を見出していくのだ
歯軋りしっぱなしの生き方だった
文章のなかですら駆け足になった宗左近
ソウサコンチクショウ
彼が悠々自適として生きたはずがない

ふと藤枝静男の小説「空気頭」を思い出し
書庫から埃を払って取り出してきた
主人公の医者が市長選挙の応援で選挙事務所に出向きそこで
――先生のような人格者に支持してもらうと心強い
この一節を確かめたかったのだ

「人格者」と言われたことにつまづき　癪にさわり不快さがいつまでも抜けない
まったく別のことながら「悠々自適」と言われたことと重ねてみたかったのだ
「空気頭」は私小説の作風ながら超現実の世界を描いて秀逸だ
けれども私が今思い出すのはこうしたディティール
いやディティールの積み重ねこそがこの小説の凄みを作りあげてもいるのか
「空気頭」は著者還暦の年の作品だった

いじめ続けたからだのリハビリでスポーツクラブに通うのも
カラオケではなく　みんなで声を合わせて歌いたい欲求も

迷いこんだ野良猫と戯れるのも
悠々自適だって？
退職以来　悠々自適と言われ続けてきたことの不満が
今晩不意に不快さになって突き上げてきて
今夜はとても寝つけそうにない

根岸一酒徒

この夏の猛暑で外に出ることが億劫になっているうち
すっかりふさぎの虫が居座っていたから
ようやく秋めいた日　私は久しぶりに町歩きを思い立った
家の近くには神田川に合流する妙正寺川が流れている
けれども九州の大河　筑後川のほとりで育った人間には物足りない
もっと水が欲しい
水辺が恋しい

都営大江戸線築地市場駅を降りて中央卸売市場のなかを抜ける
波除神社の脇を通り晴海通りへ出て勝鬨橋へ

もう何度も来た道だ
隅田川の河口　勝鬨橋のなかほどに立って下を流れる水を見ていると飽きない
水がぐんぐん湧き上がってくるのを感じる
水の中を通り抜けていく水を感じる
私の心が潤っていくのがわかる

いつもは引き返し隅田川テラスを歩いて川を北上する
けれどもこの日は別のルートを考えていた
荒川の河口が筑後川の河口に似ている
しばらく前に読んだ本のなかにそう書いてあった
見晴るかす目の高さに静かに川が流れていて海に続いている
荒川の河口をみたい
けれどもそこへどう行ったらよいものか
清澄通りへ入ってバス停に立ち荒川河口に行くバスを探す
次のバス停まで行けば途中まで行くバスはあるようだ

けれどもその先がよく分からない
業平橋駅行がある
在原業平にちなんだ地名があることを知ってはいたが行ったことはない
名前に惹かれる
どちらに行こうか
迷ったまま　バス停そばのライフという名の喫茶店に入った
（人生か　人生の分かれ道か）
地図を広げて考えてみたが結論がでない
表に出るとちょうど業平橋行のバスがやってきたので乗り込んだ
こんな気まぐれな変更もありか
左に隅田川　右に荒川を意識してバスは木場　白河　菊川を通り過ぎる
川をいくつも渡る　汐浜運河　大横川　仙台堀川　子名木川（子泣川？　子無川？）
そうか　下町は水の町なんだ
縦横に水が流れる川のある町なんだ
季節が春ならば川を渡り　また川ヲ渡ル　花を看　また花ヲ看ルみたいな

緑　石原　すると右手前方にあのスカイツリーが見えているではないか
思わずバスの窓からカメラのシャッターを切る
けれども意に反してスカイツリーはどんどん近づいてくる
駒形　吾妻橋　スカイツリーは右真横に大きくそびえている

知らなかった
業平橋駅のすぐそばに天衝く勢いで立っているなんて知らなかったなあ
こんなこと　下町に住むわが友上久保や眞理子さんに話したらコケされるだろうな
おお　そこまで声が届いてきている
——お前、暇なくせしてさ毎日テレビでなに見てんだよ
——洋ちゃんはさ、どこか下町馬鹿にしてんのよね

「現在のタワーの高さ四六一メートル」
うれしくなってしきりにシャッターを切った
一九五八年にできた東京タワーは高度経済成長へ向かう日本の象徴になった

スカイツリーは何の象徴になるのだろう
名にし負はばいざ言問はむ御空の木……
なにか希望の象徴になればいいんだけれどもな
それにしても名前に惹かれて乗ったバスが今話題の場所に連れて行ってくれるなんて
わが生涯にもこんな一日があるんだ

帰りは鶯谷で降りて鍵屋に寄った
この店の丁寧に焼いた鳥皮が好きだ
ビールの小瓶をたのみ　次に熱燗を一本たのむ
ここのお酒は二合徳利で出てくる
あまり飲みすぎてはいけないと心をセーブする
でも気になっておかみにこの二合徳利にはどのくらい入っているのか聞くと
――うちは正一合でございます。
知らなかったなあ何度も来ていて
うれしくなって夏大根のおろしと合鴨の焼いたのを追加する

結局よく飲んだ　五本だったか六本だったか

再び電車に乗って井伏鱒二の訳詩「田家春望」を思い出していた
ウチヲデテミリヤアテドモナイガ……
最後の「高陽一酒徒」のところ
井伏訳ではアサガヤアタリデ大ザケノンダだが
私の場合　ウグイスダニアタリデ大ザケノンダ
では語呂が悪いので　ネギシノアタリデ大ザケノンダ
根岸一酒徒　ということにしておこう
すっかり出来上がってしまった頭のなかでそう考えながら家路についた
気がつけばふさぎの虫なんか跡形もなく退散していたんだ

私からの手紙

午前中スポーツクラブで太極拳六〇分　水中ウォーク三〇分
帰りにマンションの玄関横の郵便受けをのぞくと
ダイレクトメールにまじって古ぼけた封筒に目がとまった
十九歳の私からの手紙だった

拝啓　還暦の近藤洋太様。
お元気ですか。
こちらは今　一九六八年十二月〇日午後十一時。
一浪してあとがないのにちっとも勉強に身が入りません。
去年の五月父が亡くなったとき

四郎叔父さんはアンデスにいて身動きがとれませんでした。

夏に帰ってきて叔父さんは仏壇の前で嘆息しました。

「兄貴はカンレキまで生ききらんかったなあ」。

その時還暦という意味を認識しました。

還暦の私へ手紙を書きます。


僕は九州の国立大学に行く学力がありません。

それは自分でよく分かっています。

私立大学　できれば東京の私立に行きたいのです。

けれども母はそう思っていません。

九州の国立に行ってくれるものと思っています。

実は母に内緒で二学期から予備校のクラスを変えました。

国立文系から私立文系へ。

この間の予備校の模試ではクラスで一番になりました。

今度成績優秀で表彰されます。

広辞林がもらえるそうです。
でもなぜ百五十人のクラスで一番になったか。
クラスは成績順に編成されています。
僕は学力の低いクラスに編入されたのだから当然なんです。
もうすぐ三者面談。
この一番になったことを理由に母をだましたいと思っているのです。
私立だったらどこでも受かる　東京に行かせてほしい。
なぜ東京に行きたいのか。
東京の大学がざわざわしているからです。
ざわざわのなかに僕が探しているものが必ずあると思うからです。
それに今の僕には母がうっとおしい　久留米もうっとおしい。

還暦の私へ。
七月にタイプ刷り詩集「虚構」を百部作りました。
十何人かの友達には買ってもらいました。

けれどもまだ買って欲しいし読んで欲しい。
じゃ売ればいいだろうと遠山君が言いました。
福岡天神の岩田屋の前で売ろうとして足が竦みました。
見ていた遠山君は僕から詩集を奪い取るようにして道行く人に声をかけ始めました。
僕は岩田屋の建物の壁にへばりつくようにしてそれを見ていました。
自分の詩集を売るということがこんなに恥ずかしいことだとは知りませんでした。
遠山君のおかげで十何冊か詩集は捌けました。
けれども残った詩集はうちには置いておくことができません。
母といさかいが起こるからです。
まだ山下君のところに預かってもらっています。
母は文学というものを毛嫌いしています。
「人間失格」とか「堕落論」とか不吉な名前のつく本を勝手に押入れに隠すひとです。
「虚構」は反響がありました。
明善高校の恩師　永田茂樹先生たちの詩誌「歩道」に加えてもらったのです。
第五十六号に詩が二篇掲載されました。

もちろん母はいい顔をしません。
僕の恩師だから口にできないだけです。
本当は文学部に行きたいのですがあきらめました。
永田先生がおっしゃった「文学部にいかなくても文学はできる」。
その言葉に納得したのです。

還暦の私へ。
本当は父が亡くなって僕はホッとしたのです。
父は一年四カ月肺結核で久留米大学付属病院に入院し四月末に退院してきました。
退院後三度喀血して二週間後に亡くなりました。
亡くなる前の日　父と小さいいさかいをしました。
進学問題でです。
「こっちへ来なさい」と言う父を無視し　僕は家を出て夜まで帰りませんでした。
あれが三度目の喀血の引き金になったんじゃなかったのか。
生きるために子が親を殺す　とてもおぞましい気がします。

父が生きていれば間違いなく東京の大学へは行けない。
いや大学に行く気すら失せていたかも知れません。
僕は父が亡くなってホッとしている自分が恐ろしいのです。
僕は人間の感情をもった　ひとに恥じない生きかたができるのでしょうか。

還暦の私へ。
三つだけ教えてください。
僕は生きていますか。
ひとに恥じない生きかたをしていますか。
まだ詩を書いていますか。

手紙を読み終わって　私は十九歳の私に葉書を書いた
君は生きている
君はひとに指差されるような恥ずかしい生きかたをしてこなかった
会社勤めのかたわら詩を書き文学の志を捨てなかった

そう書いて余白に大きく記した
艱難汝ヲ玉ニス
私は葉書をサンクスの前のポストに投函しに行った

母の袴

母がまだ生きていたころ
私たちはそれまで二十五年間住んでいた西落合のマンションから
五百メートルほど西方移動し　哲学堂公園に近い今のマンションに引越した
一度母が重篤になったとき
私たちは葬儀屋に相談した
九十歳を超えているがどのくらいの規模の葬式を出すのがよいのか　費用はどうか
――身内の方を中心にした家族葬という葬儀のやり方が増えています。
担当の人はそう言った　もうひとつ私たちが知らなかった大事なことも
――この家では仏さんが踊ります。
玄関を入ってすぐ右に母の部屋

左はダイニングに通じる廊下
棺は廊下を曲がりきれず　立てなければ家に入れない
母を踊らせたくないと思ったから
私たちは家さがしをはじめた

引越しの準備をしていたとき
妻は母の箪笥の底に　見慣れない袴があるのを見つけた
臙脂と黒の細かい縦縞の袴
入院している母に聞くと　あははと笑いながら
——股のところに継ぎがあたっていたでしょう。
それだけ言ったという
亡くなったあと　妻は母と同級生の山田三重子さんに袴のことを聞いた
——小学校の一年から六年まで同じ袴を私も持っとりました。お稚児さんのとき、天長節、お
　正月、学校の行事、いつも同じ袴をつけました。
母は嫁入りのときに思い出として袴を持ってきて

台湾から引き揚げてくるときも
久留米から上京してきたときも
行李の底に入れて持ってきたのだろう

母は晩年になるほどそれまでは決して話さなかった
悲しかったこと　辛かったことをもらすようになった
あるとき　彼女は私の妻に言った
私の名前「澄子」は「済」から来ている
「留」「捨」「末」などと同じ意味だと
母のきょうだいは八人
末っ子の彼女と十八歳年上の一番年長の姉をのぞき　みんな男であった
「子」の付く名前は最初、女子皇族、華族の間で付けられていたが
大正年間に一般にも広まったという話を聞いたことがある
だから大正四年生まれの母は「スミ」ではなく
かろうじて「澄子」という名前として本当の意味が隠された

小さいころ　誰からか「澄子」の名前の由来を聞いて
父親のところに飛んでいった
――私は要らん子だったと。
すると父親は両手で髪をなで頬をなでて
――おまえの名前は、川下（母の旧姓）のほうまで澄んどるという意味の澄子たい。よか名前ぞ。
そう言って抱きしめてくれたという

母の米寿の祝いには句集『踏青』を作った
彼女が六十九歳から十七年間
近くの老人クラブの句会で作ったものから二百五十句を選んで収めた
母の華美にならないものという希望もあって
表紙本文共紙の六十四ページの冊子を少部数つくって親戚縁者の人たちに送った
解説を私が書いた
母に原稿を見せ了解をとったうえで入稿した

ところが妻が実家に帰っていた日の夜
十二時を過ぎたころ母が私の部屋をノックした
険しい顔をしている
——原稿は、もう印刷屋さんに渡したの。
——渡したけど……。直したければまだ大丈夫だよ。
母は私が解説に書いた学歴について　思いがけないことを言った
——長崎県立平戸高等女学校を卒業して……というところを削ってほしいのよ。私は高等小学校しか出とらんと。そのことは江迎のひとはみんな知っとることだから。恥ずかしいから必ず切ってね。
険しい表情はほどけたが　今度は遠いところを見るような悲しい目になって
——あのころ丸屋（と母の家の屋号を言って）にはお金がなくてね。兄さんたちを上の学校に行かせることが先だったのよ。あとになって基隆《キールン》炭鉱に勤めていた喜《き》兄さんから台湾においで。澄ちゃんが行きたかった学校に入れてあげるから。そう言われて技芸学校に行ったけど、お父さんとの見合いの話が進んで、てれんぱれんになってしもうた。
私は衝撃を受けた

母が自室に引き返したあと　私はこの「学歴詐称」について考えた
母からじかに高女卒と聞いた事はなかった
父が何かの書付に平戸高等女学校卒業と書き
そのことを私は疑うこともなく　疑う必要もなかった
父は折り合いの悪かった自分の母親の手前
また帝大卒、医専卒、高女卒のきょうだいの手前
長男の嫁としての母を高女卒と偽ることでかばったのではないか
すると古い記憶がまざまざと蘇ってきた
中学校に入りたてのころ
母がいつまでもテレビを見ている私を叱り
中学に入ったんだから英語もちゃんと勉強しないとねと言った
——ふん、母さんなＡＢＣも知らんくせに。
私は憎まれ口をきいた
——そんなこと言うもんじゃない！
ふだん穏やかな父がびっくりするような大声で私を叱った

あわてて母を見返ると　母は何も言わずふっと寂しげな顔をした

母が亡くなった年の夏
私たち姉弟は江迎の母の実家に位牌を持っていき
遠方かつ高齢で来られなかった九州の従姉兄たちに来てもらって供養した
そこには母の同級生の中山初子さんもみえた
――澄子さんは、高等小学校を卒業して長崎の師範学校の試験ば受けました。私も受けて一緒に落ちました。ふたりで江迎郵便局に勤めましたが、澄ちゃんはもう一度受けました。師範はね、受かれば学費が免除されたとですよ。澄ちゃんは頑張り屋さんで、邦一さんより成績はよかったけど、邦一さんは体操の特技があって先生になったとです。
私はこのときも衝撃を受けた
母が師範学校を受けていた　それも二度受けていた
口惜しかっただろう　学問ができなかったことは口惜しかっただろう
母にどんな情報があったのかしらないが
不思議なほどに中学、高校とそれぞれの時期に評判のよい塾の先生を見つけてきた

なぜあれほど教育熱心だったのか
自分の無念を晴らしてほしかったからに違いない
今にしてそのことがよく分かる

母が亡くなった年の十二月のある日曜日
下の姉信子から電話があった
――ちょっと早いけど、お正月のお墓の掃除に行ってくるね。康子姉さんも一緒。洋ちゃんが言ってたおばあちゃんの袴、うちにあるけどやっぱりそっちに戻そうと思うの。持って行くけんね、帰りに寄るね。裕美子さんに伝えといてね。
午後二人はやってきて　がやがやと四人で食事になった
母の袴は鴨居にハンガーをかけ　さらに腰のところを洗濯バサミでとめて四人で見た
――この臙脂と黒というのは今の色彩感覚からするとちょっとないね。
と上の姉
――何か思い出以上のものを感じるわね。切ないなあ。
と私の妻

古いアルバムをめくっていた信子が
――ほらこの写真よ。袴の細かい縦縞までは見えんけど。
写真はどこか広い庭のようなところで大人の女性たちにまじって右端に映っている
大人が椅子に腰掛けた背の高さと同じ背丈の母
小学校三、四年生くらいだろうか
ちょっと首を左にかしげるようにして手を前で組み合わせている
利発そうな顔立ちだ
その写真の少女が母だということをこれまで気がつかなかった

リビングの寝椅子で私はすっかり寝込んでしまっていたようだ
夢をみていた
六月に母が亡くなったあと
告別式も終って私たち姉弟とその連れ合い　息子　甥姪たち
落合斎場から遺骨を持ち帰り　身内だけで私の家に来てくつろいでいる
（そこまでは現実にあったことと同じなのだが）

あっ！　しまった
母を車椅子ごと表の駐車場に待たしてきてしまった
私はあわてて表へ出た
そこには車椅子をたたんだばかりの母が立っていた
母は父が亡くなる前の五十歳くらいの姿をしている
ベージュのスーツを着て旅行に行くような格好だ
髪はいつものひっつめ髪で
――もう行こうと思っていたのよ。
キャリーバッグを手にしている
――じゃあ送っていくよ。
母が五十歳ということは私が十五、六歳でなければならないが
母より年上のようであることがなにか変な感じだ
私たちは駐車場をでて新青梅街道に入り　哲学堂公園の方向に歩きはじめた
私は母とふたりで歩いたときのことをさまざまに思い返していた
私の小さいときは母に手を引かれて

母が年をとって網膜剝離が進んでからは私が手を引いて
その道はいつの間にか久留米の水天宮に向かう入り口の大鳥居につながっていた
この道は父の初盆の夜　石井君山下君瀧内君といっしょに精霊舟を運んだ道だ
筑後川の水天宮の突堤から精霊流しをしたのだ
同じ道を母と歩くということは　あの世への道がこの水天宮通りということなのか
——もういいよ。きりがないから。
母は横目で私を見てそう言った。
——ああ、いや、そこまでだから。
私も母と別れなければならないことをよく知っていた
左に愛甲君の歯科医院の家　久留米文房具の哲ちゃんの家
右にまがれば模型飛行機のこども屋
真っ直ぐ行けば加藤君の家　正尊君の円乗寺
そこを右へ入って行けば六年通った京町小学校
さらに行けば小森君の家
胸がどきどきしてきた

どうしても母に聞いておくべきことがあったはずだ
水天宮の突堤はどんどん近づいてくる
——母さん。
——なあに。
母がこちらに眼差しを向けたことが分かった
見返せないままに
——母さんは、今度生まれ変わるとしたらどんな風に生きたい。
——そりゃあまた、あなたたちを生んで育てていきたいよ。あなたたちの母親でいたい。
私たちはすでに水天宮の本殿に向かう参道の参拝口のところに来ていた
そのまま降りていけば筑後川の突堤だ
そこでフッと母の姿が消えた

あたりはすっかり暗くなっていた
姉たちは帰り　妻は買い物に行ったのだろう
気がつくと鴨居にまだ母の袴が吊るしてあった

母は九十二歳で逝った　大往生といってよい
ことさらに悲しむことじゃない
亡くなって以来ずっとそう自分を律してきた
なぜなのか
大往生だからといって悲しいものは悲しいとなぜ言えなかったのか
今日母は確かにやって来た
袴とともに私の家にやって来た
私をなぐさめにやって来た
母は昔の水天宮通りを私と歩いた
そして生まれ変わっても私たちの母親でいたいと言ってくれた
私の眼から涙があふれた
どめどもなく　静かに涙が流れた
母がもうこの世にいないのだという当たり前のことが
痛いほど分かった
涙が流れるにまかせて　私はずっと母の袴を見上げていた

落葉落花

ソメイヨシノの落葉は十一月下旬にはじまり十二月初旬にはほぼ終る
家のウッドデッキは朱色や黄色の枯葉でいっぱいになる朝がある
向こうのケヤキの落葉はソメイヨシノの落葉が終ったころからはじまる
十二月二十日の今朝　ケヤキの落葉はまだ終っていない

来年もまた三月半ばを過ぎればソメイヨシノのつぼみがふくらみはじめ
四月の初めに満開を迎え　落花がはじまり　ときに花吹雪となり
数日後にはウッドデッキは花びらでいっぱいになるだろう
葉桜になる頃には　ケヤキも新緑が芽吹くだろう

私たち夫婦は三年前に買い替えた築三十年のこのマンションを気に入っている
二年前　母の遺体はここに帰ってきて枕経をあげてもらうことができた
大地震　マンションの耐用年数　心配の種は尽きないけれども
ここを終の栖としたいと考えている

私はいさぎよい散華も好きだけれど
力尽きて落ちてゆく枯葉をみるのも好きになった
私は残りの歳月を力を尽くし　力尽きて逝きたいと思う
あと何回　落葉落花を見ることができるだろう

覚書

『筑紫恋し』は、公刊する詩集としては十一年ぶりである。「筑紫恋し」は母が亡くなった二〇〇八年に、「たそかれ」はそれ以前に、「カフカの職場」以降の作品は会社を退職した二〇一〇年に書いた。「たそかれ」、「筑紫恋し」、「カフカの職場」、「退職の朝」の四篇は「歴程」に発表、その他は未発表である。

原稿はすべてこのたびの震災前に渡したので、当然のことながら地震、津波、被曝について触れることができなかった。震災を期に、わが国は予断を許さない方向へ大きくゆっくりと変転してゆくだろう。私はこの変転に目を見開いていようと思う。今後、どのような書き方になるか分からないが、この現実に詩と批評の言葉を届かせたいと願っている。そのことを自らに約して『筑紫恋し』を刊行することとしたい。

本詩集の装幀を私の若い友人、佐々木陽介、山田裕里の両氏にお願いした。また、詩集刊行に際し、思潮社の亀岡大助氏のお世話になった。記して感謝申し上げる。

二〇一一年五月三十一日

近藤洋太

筑紫《つくし》恋《こい》し

著者　近藤《こんどう》洋太《ようた》

発行者　小田久郎

発行所　株式会社 思潮社
〒一六二―〇八四二　東京都新宿区市谷砂土原町三―十五
電話〇三（三二六七）八一五三（営業）・八一四一（編集）
FAX〇三（三二六七）八一四二

印刷所　三報社印刷株式会社

製本所　小高製本工業株式会社

発行日　二〇一一年七月十五日